AF459610

9 mars 1868

VENTE

BOURLON DE SARTY

Mᵉ SEIGNEUR
COMMISSAIRE-PRISEUR.

M. HORSIN DÉON
PEINTRE EXPERT.

MM. ROLLIN & FEUARDENT,
EXPERTS.

RENOU ET MAULDE
IMPRIMEURS DE LA COMPAGNIE DES COMMISSAIRES-PRISEURS
Rue de Rivoli, 144

Vente après Décès.

CATALOGUE

DES

TABLEAUX & DESSINS

CURIOSITÉS

MÉDAILLES

FORMANT LA COLLECTION DE

Feu M. BOURLON DE SARTY

DONT LA VENTE AURA LIEU

HOTEL DROUOT, SALLE N° 1

Les Lundi 9, Mardi 10 & Mercredi 11 Mars 1868

A DEUX HEURES

Par le ministère de Me **SEIGNEUR,** Commissaire-Priseur,
rue Favart, 6,
Assisté de M. **HORSIN DÉON**, Peintre, rue des Moulins, 15,
pour les Tableaux,
Et de MM. **ROLLIN** et **FEUARDENT**, Expert, rue Vivienne, 12,
pour les Médailles,
Chez lesquels se distribue le présent Catalogue.

EXPOSITIONS

PARTICULIÈRE : le Samedi 7 Mars 1868, de deux heures à cinq heures.
PUBLIQUE : le Dimanche 8 Mars 1868, de une heure à cinq heures.

PARIS — 1868

CONDITIONS DE LA VENTE

Elle sera faite au comptant.

Les Acquéreurs paieront CINQ POUR CENT en sus du prix d'adjudication, applicables aux frais.

DÉSIGNATION

DES

TABLEAUX

ÉCOLES ALLEMANDE
FLAMANDE & HOLLANDAISE

BALEN

(VAN)

1 — **Les trois Grâces supportant une corbeille de fleurs.**

DYCK

(ANTOINE VAN)

2 — **Portrait d'Homme.**

Il est debout vu de trois quarts, ses cheveux et sa barbe grise ajoutent à la noblesse de sa physionomie. Son habit, sur lequel se rabat une collerette blanche plissée, est de soie noire ainsi que son manteau. Une de ses mains est gantée, il tient de l'autre la clé d'une montre qui se voit près de lui sur une table.

Le naturel de la pose, la suavité et l'habileté de la touche, recommandent surtout ce portrait.

Vente Perregaud, 1841.

JARDIN

(KAREL DU)

3 — Départ pour la promenade.

Un seigneur et sa dame descendent les degrés d'un escalier monumental au bas duquel les attendent deux valets : l'un tient par la bride un joli cheval blanc; l'autre, debout, la tête découverte, porte sur son bras le manteau et, à la main, l'épée du maître.

Des chiens, quelques volailles en l'animant, ajoutent à l'agrément de ce tableau d'une couleur argentine et suave.

MELLER

4 — Halte de Cavaliers.

Un seigneur suivi d'un fauconnier resté en selle, est descendu d'un cheval blanc que garde un palefrenier. Il s'avance du côté d'une maison de paysan dont les habitants accourent à sa rencontre. L'homme tenant respectueusement son chapeau bas, la femme portant des rafraîchissements et les deux enfants faisant fête aux chiens du maître.

MELLER

5 — **Les Bohémiens.**

Dans un paysage montagneux, des bohémiens assis sur le bord d'une route, disent la bonne aventure à deux seigneurs descendus de leurs chevaux, tandis qu'un troisième, resté à cheval, s'enquiert près d'un paysan, du chemin qu'ils doivent suivre.

MOOR

(CARLE DE)

6 — **Jeune Chasseur suivi de son chien.**

MOUCHERON ET VAN DE VELDE

(FRÉDÉRIC) (ADRIEN)

7 — **Intérieur de Parc.**

A droite, se voit une fontaine monumentale ; à gauche, les colonnes d'un portique ruiné ; au second plan, un escalier avec rampe de pierre; dans le fond, le château dominant des masses d'arbres; puis, de jolies figures distribuées avec art aux différents plans. Le groupe principal se compose d'un gentilhomme et d'une dame assis près d'un joueur de mandoline qui accompagne un seigneur et une jeune femme exécutant un pas.

Cabinet du vicomte de Jessaint.

MOUCHERON ET LINGELBACH

8 — **Intérieur de Parc.**

Il est traversé par une allée boisée dans laquelle on voit une voiture et un palefrenier accompagné de son chien. Sur le premier plan, un seigneur et sa dame.

Cabinet du vicomte de Jessaint.

NETSCHER

(GASPARD)

(ATTRIBUÉ A)

9 — **Jeune Femme jouant de la viole.**

Elle est assise près d'une table couverte d'un tapis de Turquie, sur laquelle sont déposés des livres de musique.

Le costume de la dame est de satin blanc, et tout dans ce tableau finement touché, est ajusté avec un goût exquis.

Cabinet du vicomte de Jessaint.

POELENBURG

(CORNEILLE)

10 — **Paysage avec Ruines.**

Le site est accidenté et meublé de ruines. On y voit un Faune qui danse avec une Nymphe, et sur le premier plan, un Satyre qui lutine une femme renversée à terre; un enfant qui pleure.

Une heureuse harmonie, une touche fondue sans mollesse distinguent cet agréable tableau.

Collection Randon de Boisset et Vente Forbin Janson, 1842.

POELENBURG

(CORNEILLE)

11 — **Paysage et Figures.**

Sur une route qui descend au bord de la mer, chemine une charrette dont le conducteur adresse la parole à un pâtre qui, sur le premier plan du tableau, garde des moutons.

POTTER

(PAUL)

12 — **Un Bœuf.**

Il est debout sur un tertre garni de gazon près d'une petite clôture en planches. Il se détache brillant, sur un ciel couvert d'épais nuages : opposition d'un bel effet.

Cabinet du vicomte de Jessaint.

ROMYN

(GUILLAUME VAN)

13 — **Paysage et Animaux.**

Un homme et une femme gardent des vaches et des moutons qui se reposent sur un tertre.

Vente Rhoné, 1861.

SCHOTEL

(J.-C.)

14 — **Quatre Marines dans un même cadre.**

TÉNIERS

(DAVID)

15 — **Le Docteur de Village.**

Il est assis dans son cabinet tenant à la main une fiole contenant de l'urine qu'il consulte. Près de lui est une bonne femme, les mains cachées sous son tablier, qui attend avec quelque crainte le résultat de ses méditations. Un élève du docteur, sur le point de sortir, s'est arrêté sur le pas de la porte pour entendre ses conclusions.

Une grande vérité, une couleur harmonieuse recommandent ce bon tableau du maître.

TERBURG

(GÉRARD)

16 — **Une Dame à sa toilette.**

Elle est assise devant une table vue presque de dos, elle tourne la tête du côté du spectateur. Près d'elle, le coude appuyé sur une chaise occupée par un chien, est un cavalier cuirassé tenant un chapeau à la main. Dans la pénombre, lui faisant face, se voient une autre dame, ainsi que deux personnages, le chapeau sur la tête.

ULRICH

17 — **Vue prise dans la vallée d'Arques.**

VELDE

(ADRIEN VAN DE)

18 — **Paysage.**

Sur un chemin qui traverse une plaine bordée d'arbres et dans laquelle paissent des bestiaux, on voit un homme et une femme dans une charrette, traînée par un cheval blanc, ainsi qu'un berger, un enfant et une autre femme conduisant un troupeau de moutons.

Tout est traité dans ce petit tableau avec art et grande délicatesse de pinceau.

WÉENIX

(JEAN)

19 — **Pastorale.**

Au pied d'un vieil arbre sans sève et dont le tronc est à demi dépouillé, une jeune villageoise en jupon rouge, corsage jaune à larges manches et chapeau de paille sur la tête, est venue se reposer; et là, tandis qu'elle garde ses chèvres et ses moutons, un berger, vieux barbon chez qui la folie survit aux cheveux blancs, l'accoste effrontément et la force à détourner la tête en rougissant. A travers la main qui le cache, on remarque sur le visage de la jeune fille les traits les plus gracieux; la figure du vieillard est pétillante de vivacité et d'expression.

Extrait du Cat. du cardinal Fesch, 2e Vente, no 752, page 27, d'où ce tableau provient.

WÉENIX

(JEAN)

20 — **Paysage, Animaux et Figures.**

Le site est pris au bord de la mer. Au fond, la plage; à gauche, un paysage accidenté où l'on voit des ruines au second plan. Tout auprès, une femme y trait une vache tout en gardant des moutons. Sur le premier plan, sont des gentilshommes à cheval; le plus avancé s'est arrêté pour causer avec une espèce de piqueur qui se repose ainsi que ses chiens sur le bord de la route. Un lièvre, un coq de bruyère et autres pièces de gibier, sont déposés à terre près de lui.

Une couleur brillante, chaude, vigoureuse, une exécution des plus habiles, jointes à l'ensemble pittoresque de la composition, produisent un effet qui impressionne tout d'abord.

Vente du marquis de Montcalm, 1850. — Vente Pierrard, 1860.

WÉENIX

(GENRE DE)

21 — **Tableau de chasse.**

Deux petits chiens tenant l'un une perdrix, l'autre une alouette.

WOUWERMANS

(PHILIPPE)

22 — **L'Abreuvoir.**

Un palefrenier conduit ses chevaux à la rivière qui occupe tout le centre du tableau. Le cheval qu'il monte est blanc, l'autre qu'il tient par la bride est brun et rétif. Des nageurs dans la rivière, une femme et son enfant sur la grève, des bateaux au troisième plan, complètent l'ensemble de cette composition d'un effet agréable et mystérieux.

Vente Cornelissen, 1852.

WYNANTS

(JEAN)

23 — **Paysage.**

Une route, bordée dans sa partie gauche de terrains sablonneux éboulés, en parcourt tout le centre pour aboutir à un petit bois taillis que domine un clocher. Au second plan, au milieu de la route, est un bouquet d'arbres au feuillage gracieux et léger, et sur l'avant-scène de cette composition formant repoussoir, est un autre arbre brisé qui étend ses branches sur un ciel lumineux. Enfin, de pittoresques accidents de lumière artistement entendus, ainsi que trois petites figures, femme et enfants assis sur le bord de la route, complètent cette jolie peinture, exécutée dans la manière brodée du maître, la plus agréable et la plus estimée.

Vente du Duc de Narbonne.

ÉCOLE FRANÇAISE

BOUTON

(CHARLES-MARIE)

24 — **Intérieur d'Église.**

L'artiste a choisi le moment de l'office, ajoutant ainsi l'animation à cet intérieur déjà d'un piquant effet.

CONSTANTIN

(E.)

25 — **L'Atelier de Granet.**

ÉGLÉ

(LOUISE)

26 — **La jeune Fileuse.**

FRANQUELIN

(JEAN-AUGUSTE)

27 — **Le premier Repentir.**

Dans une mansarde éclairée par une lampe, un jeune homme, par de tendres paroles, cherche à sécher les pleurs d'une jeune fille qui, sans doute, pour échapper à ses trop vives entreprises, s'est réfugiée près d'une fenêtre ouverte, par laquelle les premiers rayons du jour commencent à pénétrer.

Vente Pourtalès.

GÉRARD

(FRANÇOIS)

28 — **Hommage rendu à la mémoire de l'impératrice Joséphine.**

Une jeune fille vêtue à la grecque orne de fleurs le buste de l'Impératrice, gràcieux monument, placé sur une terrasse dépendant d'une demeure princière dont on aperçoit les jardins aux féeriques aspects.

GÉRARD

(D'APRES)

29 — **Daphnis et Chloé.**

GUDIN

(THÉODORE)

30 — **Marine.**

Un navire, par un gros temps, manœuvre pour gagner le port du Havre.

GUÉRIN

(PAULIN)

31 — **Une Danaé moderne.**

Le bras droit appuyé sur un coussin, et se couvrant un peu d'une draperie légère, elle regarde avec plaisir les gouttes d'or qui s'échappent d'un nuage et qui tombent autour d'elle.

Extrait du Cat. Pourtalès, n° 269, d'où provient ce tableau.

MARTIN

32 — **Louis XIV en reconnaissance devant une place de Hollande.**

Sur le premier plan, abrité par un massif d'arbres, le roi, après avoir reconnu les abords d'une ville qui se voit à quelque distance, donne les ordres d'attaque aux officiers d'état-major qui l'entourent.

MARTIN

33 — **Siége d'une ville de Hollande.**

Louis XIV, suivi de plusieurs officiers, traverse au galop le premier plan, se dirigeant du côté de la ville assiégée qui occupe le fond du tableau.

MIGNARD

(PIERRE)

34 — **Portrait de Mme de Grignan.**

Peinte sous les attributs de la *Comédie*, elle est vue en pied assise dans un paysage. Elle tient un masque à la main, des fleurs ornent sa chevelure, sa robe est de satin bleu et sa première jupe de soie chinée; de magnifiques perles et pierreries complètent son élégant costume, et des livres, des masques déposés à ses pieds, l'allégorisent.

MIGNARD

(PIERRE)

35 — **Portrait d'une Dame de la cour de Louis XIV.**

Cette dame, entourée des accessoires qui symbolysent la *Poésie*, est vue en pied dans un paysage désert et montagneux qui fait ressortir avec plus d'éclat la splendeur de son costume. Sa robe est de satin blanc brodé d'or, et sa première jupe est également brodée de perles. Un léger voile noir est jeté sur ses épaules et de jolis cheveux disposés à la Ninon encadrent son visage.

MIGNARD

(PIERRE)

36 — **Portrait de Mme de Saint-Simon, duchesse de Brissac.**

C'est de la *Peinture* que cette grâcieuse duchesse nous offre l'image. Elle est vue également en pied, assise sur un tertre; les regards animés et comme inspirée de douces pensées, une main posée sur son cœur, elle semble montrer de l'autre des dessins, un chevalet, une palette chargée de couleurs, placés près d'elle comme étant les objets de sa plus tendre affection.

MIGNARD

(PIERRE)

37 — **Portrait de la comtesse d'Egmont.**

La *Musique* est dignement représentée sous les traits de cette charmante jeune fille. Elle est debout appuyée contre un rocher, tenant d'une main un violon et de l'autre un archet. Son costume, non moins gracieux, mais plus simple, s'harmonise merveilleusement avec l'air calme et réfléchi de son visage qu'entoure une soyeuse chevelure ornée d'humbles marguerites.

MIGNARD

(PIERRE)

38 — **Geneviève, vicomtesse de Béthune.**

Vue debout et en pied, sa charmante figure se détache sur un paysage; elle s'avance fièrement, une lance dans la main gauche, en relevant gracieusement de la droite sa robe de soie jaune.

L'aspect séduisant de ces cinq portraits de grandeur naturelle, d'une couleur fraîche et brillante, s'accroît encore de la splendide richesse des costumes, des belles et ravissantes dames qu'ils représentent.

MIGNARD

(PIERRE)

39 — **Jésus-Christ portant sa croix.**

Affaibli par de longues souffrances, Notre Seigneur succombe sous le poids de l'instrument de son supplice, avançant sur le chemin du Calvaire en se traînant sur les genoux avec une entière résignation à la volonté divine.

PICOT

(FRANÇOIS-ÉDOUARD)

Signé.

40 — **L'Amour et Psyché.**

L'Amour, le jour venu, disparaît de la couche de Psyché, afin de ne point en être vu.

Gravé.

STEUBEN

(CHARLES)

41 — **Une jeune Fille.**

La tête appuyée sur sa main, elle médite un livre qu'elle tient ouvert sur ses genoux.

SWEBACH

(*Signé*, 1812)

42 — **Un Rendez-vous de chasse.**

Au centre d'un paysage boisé et montagneux, se voit une maison de garde devant laquelle stationnent déjà des dames et de jeunes hommes descendus de leurs montures. Une calèche attelée de deux chevaux blancs et de nombreux chasseurs, piqueurs, valets, parmi lesquels on remarque une amazone, arrivent à ce lieu de rendez-vous.

VERNET

(JOSEPH)

43 — **Une Tempête.**

Le ciel est envahi par d'épais nuages. Le vent souffle avec violence, et la mer en son courroux a brisé un gros navire contre un rocher. Une chaloupe, sur le premier plan, cherche à gagner le rivage où de nouveaux écueils lui en défendent l'approche; mais, du haut des rochers, des marins et d'autres personnages, accourus au secours des naufragés, leur jettent des cordes de sauvetage.

WATTEAU

(ANTOINE)

44 — **Nymphe endormie.**

Dans un paysage, la tête appuyée sur son bras, elle est couchée sur des draperies étendues sur le gazon. Un Satyre, profitant de son sommeil, s'est doucement approché d'elle et soulève avec précaution le voile qui la dérobe à sa vue.

Collection du prince Paul d'Aremberg et Vente Patureau, 1857.

INCONNU

45 — **Portrait d'une Dame de la cour de Louis XVI.**

46 — **Portrait de Dame.**

Pastels faisant pendants.

ÉCOLE ITALIENNE

FRANCIA

(ATTRIBUÉ A)

47 — **La Madone aux œillets.** (*D'après Raphaël.*)

Inspiré par le grand maître d'Urbin, le pinceau brillant et moelleux de l'artiste a, dans cette excellente copie, conservé une étincelle du feu sacré qui anime les œuvres de Raphaël.

LIBERTI

Signé.

48 — **Portrait de Philippe V.**

Le portrait de ce roi d'Espagne se voit entouré d'un riche cadre doré; il est posé et soutenu par un Amour sur un autel antique que d'autres Amours ornent de fleurs.

49 — **Portrait du maréchal de Berwick.**

Les dispositions de ce tableau sont les mêmes que dans le précédent dont il est le pendant.

AQUARELLES & DESSINS

DEVÉRIA

(A.)

50 — **Scène de carnaval, à Venise.**

Une foule de seigneurs et de dames, en costumes de tous les âges de notre histoire moderne, sont réunis autour d'une table somptueusement servie sous les portiques d'un magnifique palais. Toutes les séductions président à cette fête : la musique, la danse, le vin, tout inspire de riants souvenirs dans cette composition remplie d'animation et de gaieté.

Grande aquarelle.

DEVÉRIA

(EUGÈNE)

51 — **Scène du temps de la Fronde.**

Aquarelle.

VERNET

(HORACE)

52 — **L'Hallali.**

Aquarelle.

53 — **Le comte de P*** et Horace Vernet dans une auberge du Midi.**

Sépia.

54 — **Un Domino noir.**

Sépia.

55 — **Cinq Dessins : Costumes de femmes du temps de l'Empire.**

VERNET

(CARLE)

56 — **Bataille.**

Sur le premier plan, une batterie d'artillerie, au fond, un combat d'infanterie, à droite, sur un monticule, le général et son état-major.

57 — **Bataille.**

Une batterie d'artillerie, lancée à fond de train, arrive prendre position au premier plan. Le combat est engagé dans la plaine.

Ces deux compositions capitales font pendants.

Plume et aquarelle.

58 — **Deux Piqueurs suivant une meute.**

Aquarelle.

59 — **Charge de cavalerie cosaque.**

Papier bleu, crayon noir rehaussé de blanc.

INGRES

60 — **Œdipe et le Sphinx.**

Sépia et encre de Chine.

CHARLET

61 — **Soldats Louis XIII buvant dans une taverne.**

Aquarelle.

DELACROIX

(EUGÈNE)

62 — **Marguerite en prison.**

Aquarelle et gouache.

GÉRICAULT

63 — **Chevaux de trait sortant de l'écurie et tenus par un palefrenier.**

Aquarelle.

REDOUTÉ

64 — **Corbeille de Fleurs.**

Elle est placée sur le bord d'une fontaine ornée d'un groupe : Psyché et l'Amour.

Gérard, Percier et Thibaut ont concouru à l'exécution de cette aquarelle.

COGNIET

(LÉON)

65 — **Jeune Napolitaine étendue sur un rocher, au bord de la mer.**

Sépia.

66 — **Jeune Femme au bain.**

Sépia.

GIRODET TRIOSON

67 — **Antigone conduisant Œdipe.**

68 — **Bélisaire et son Guide.**

69 — **Orphée et Eurydice.**

70 — **Pygmalion.**

71 — **La Naissance de Vénus.**

Ces cinq dessins sont à l'estompe et au crayon noir.

BOUTON

72 — **Procession dans un cloître.**

Aquarelle.

GARNERAY

(H.)

73 — **Tour de l'Horloge d'Auxerre.**

Aquarelle.

74 — **Vue d'une Salle des bains de Tivoli, avec figures de moines lisant.**

Aquarelle.

ROQUEPLAN

(CAMILLE)

75 — **Une Chaloupe à la mer.**

Aquarelle.

DAUZATS

76 — **Intérieur d'une Galerie de Tableaux.**

Aquarelle.

MICHALLON

77 — **Paysage; site d'Italie, avec une route sur laquelle est un charriot.**

Sépia.

78 — **Paysage-Marine, vue prise sur les côtes d'Italie.**

Sépia.

JOHANNOT

(ALFRED)

79 — **Charles II et Albert Lee.** (*Tiré de* Walter-Scott.)

Aquarelle.

CICÉRI

(EUGÈNE)

80 — **Vue de Suisse.**

Aquarelle.

ENFANTIN

81 — **Vue de Suisse; au centre, un châlet.**

Sépia.

82 — **Paysage; au centre, une église.**

Sépia.

COUTAN

83 — **Femme napolitaine au bord de la mer.**

Sépia.

RENOUX

84 — **Le Château de Gisors.**

Sépia.

COLLIN

(HÉLOISE)

85 — **Jeune Femme sur un divan.**

Aquarelle.

TOOPFFER

86 — **Paysage avec fourré d'arbres au pied d'une vieille tour.**

Encre de Chine.

BOISSIEU

87 — **Paysage-Marine.**

Encre de Chine.

BERGHEM

88 — **Paysan italien gardant une vache, des moutons et des chèvres.**

Plume, sépia et encre de Chine.

NANTEUIL

89 — **Portrait de Loménie, de Brienne.**

Mine de plomb.

INCONNU

90 — **Huit Gouaches représentant des traits de la vie de Jésus.**

GRAVURES

91 — **Sous ce numéro seront vendus quelques Gravures en portefeuille et Albums.**

MANUSCRITS

92 — Manuscrit sur vélin, de 1492, contenant 13 vignettes, avec reliure de l'époque de Louis XIII.

93 — Livre de prière. — Manuscrit sur vélin, par Gilbert, maître à écrire des enfants de France. — Miniatures et culs-de-lampe, par Lafosse. — Lettres et bas-reliefs peints par Patel.

Vitraux anciens.

94 — Une collection d'environ 60 beaux Vitraux français, suisses et allemands, représentant des sujets religieux, des personnages en riches costumes séculiers et militaires, des paysages et des armoiries.

Plusieurs de ces vitraux portent des dates de 1525 à 1577.

Émaux de Limoges, de Chine et de Saxe.

95 — Quatre Plaques d'une grande finesse représentant des sujets de la Fable, avec nombreuses figures. Émail de Limoges.

96 — Petite Plaque cintrée représentant sainte Catherine. Émail de Limoges d'une grande finesse.

97 — Deux petites Plaques en émail de Limoges : portraits d'homme et de femme.

98 — Quatre Tasses avec Présentoirs et Soucoupes.

99 — Petite Écuelle avec couvercle et plateau. Fond bleu et fleurs.

100 — Bol et sa Soucoupe. Fond bleu décoré de fleurs et chimères.

101 — Tasse à bouillon et sa Soucoupe.

102 — Quatre Pièces diverses.

103 — Quatre Salières, émail de Saxe. Fond bleu avec médaillons, époque Louis XVI.

104 — Deux Tasses et leurs Soucoupes en émail de Saxe.

105 — Aiguière et son Bassin en émail.

106 — Trois petits Vases en émail de Chine.

107 — Pot à eau et Cuvette en émail de Chine.

Sculptures en Marbre, Bois, Ivoires et Bronze.

108 — Figure de femme nue, en marbre blanc, couchée sur un lit en bois doré. Signé : L. Delvaux.

109 — Piédestal en bois sculpté orné de quatre figures caryatides soutenant une draperie et quatre cartouches, dont deux aux armes de France.

110 — Vierge en bois sculpté, époque de la Renaissance.

111 — Saint Sébastien, en bois sculpté, xvie siècle.

112 — Figure de Sainte, en bois sculpté.

113 — Groupe de trois personnages, en bois sculpté gothique.

114 — Figure de Vierge, en ivoire sculpté, du XVIe siècle.

115 — Saint Michel; bronze.

116 — Curieux Marteau de porte en bronze, époque de Jean-Goujon, représentant une femme domptant un lion.

MÉDAILLES GRECQUES

117 **Campanie; Naples.** Tête de Diane; dessous, ΧΑΡΙ. ℟. Bœuf à droite. AR[3].

118 **Calabre; Tarente.** Cavalier. ℟. Taras sur le dauphin; il tient une massue et un trident; dans le champ, chouette. AR[5].

119 **Sicile; Panorme** (sous les Carthaginois). Tête de Cérès couronnée d'épis. ℟. Cheval à droite. AV[4].

120 — La même. AV[2].

121 **Sicile, Syracuse.** Tête d'Apollon laurée; derrière, diota. ℟. Trépied. AV[3].

122 — Tête de Proserpine. ℟. Quadrige. AR[11]. Octodrachme.

123 — Tête de femme les cheveux relevés. ℟. Quadrige tétradrachme. AR[6].

124 — Tête de femme, les cheveux dans un large bandeau. ℟. Bige. Tétradrachme. AR[6].

125 **Rois de Sicile, Gelon.** Tête diadémée du roi. ℟. Victoire dans un bige. AR[5].

126 — Hieron II. — Tête de Cérès à gauche. ℟. Figure conduisant un bige au galop. AV[3].

127 **Hicetas.** Tête de Cérès. ℟. Victoire dans un bige. AV[4].

128 **Philistis**. Tête voilée de Philistis. ℞. Victoire conduisant un quadrige au pas. AR[7].

129 **Roi de Thrace, Lysimaque**. Tête cornue et diadémée du roi. ℞. Pallas assise tenant la Victoire. AR[9].

130 **Roi de Macédoine, Alexandre III**. Tête d'Hercule. ℞. Jupiter Aetophore assis. Drachme. AR[5].

131 — Philippe II. Tête laurée de Jupiter. ℞. Cavalier tenant une palme. AR[6].

132 — Philippe III. Tête diadémée. ℞. Figure nue à cheval allant au galop. Æ[5].

133 **Locri Opontii**. Tête casquée de Pallas. ℞. Ajax armé marchant à droite. AR[3].

134 **Attique, Athènes**. Tête de Pallas. ℞. Chouette. Tétradrachme. AR[6]. 2 pièces.

135 **Roi de Pont. Mithridate VI**. Tête diadémée du roi. ℞. Cerf paissant. AR[8].

136 **Rois de Syrie, Antiochus IV** Épiphane. Tête du roi. ℞. Apollon assis, tenant une flèche, etc. Drachme. AR[4].

137 — **Alexandre Bala**. Tête diadémée. ℞. Apollon assis. Drachme. AR[5].

138 — Démétrius II Nicator. — Tête diadémée. ℞. Apollon assis. Drachme. AR[4].

139 — Antiochus VI. Tête jeune et radiée du roi. — Apollon assis. Drachme. AR[5].

140 — Antiochus VII Evergète. Tête diadémée du roi. ℞. Pallas Nicéphore debout. Drachme. AR[4].

141 **Rois d'Égypte, Cléopâtre** et **Marc-Antoine.** Tête diadémée de Cléopâtre. ℞. Tête nue de Marc-Antoine à droite. Médaillon. AR⁷.

142 **Rois de Numidie et Mauritanie. Juba I**er. Buste diadémé et drapé de Juba à dr. ℞. Temple à huit colonnes. AR⁵.

143 — **Juba II** et **Cléopâtre**. Tête de Juba II. ℞. Tête de Cléopâtre. AR².

MÉDAILLES ROMAINES

144 **Auguste**. R. Caius à cheval. AV.

145 **Drusus junior**. Très-belle patine. MB.

146 **Faustine** jeune. ℞. Diane. Belle patine. GB.

147 **Lucille**. ℞. Junon debout. GB.

148 **Crispine**. R. La Concorde assise. GB.

149 **Julia Domna**. ℞. Cybèle assise. GB.

150 **Trajan Dèce**. ℞. La Félicité debout. Médaillon.

151 — Herennia, Plactoria. Double denier. Cinq familles consulaires. AR.

152 — Un Cylindre Babylonien, en agate blanche.

Objets Divers.

153 — Couteau poignard arabe, fourreau en argent doré.

154 — Coffret en bois sculpté.

155 — Coffres formant boîte à jouer, en marqueterie de différents bois et d'ivoire, avec médaillon composé d'ivoire et d'argent gravés.

156 — Cinq petits Vases étrusques.

157 — Trois Figurines en porcelaine de Saxe.

158 — Une Assiette de Faenza décorée d'un médaillon à sujet.

159 — Cafetière orientale en cuivre doré.

160 — Deux Vases en faïence genre Palissy.

161 — Deux Figurines en terre cuite.

162 — Glacière ornée de rocailles et de figures, faïence de Nancy.

163 — Porte-épices avec ses cinq flacons, faïence de Nancy.

164 — Deux petites Assiettes à dessert en même faïence.

165 — Deux Beurriers, Perdrix, en porcelaine d'Allemagne.

166 — Quatre Pots à pommade, genre chinois.

167 — Grande Soupière avec Plateau et Couvercle, forme feuille de choux; porcelaine de Berlin.

168 — Corbeille à fruits en faïence de Nevers.

169 — Quatre Plats de différentes grandeurs avec armoiries, en porcelaine de l'Inde.

170 — Vidrecome orné de nombreux écussons armoiriés (ancien bohême).

171 — Gobelet avec Couvercle aux armes de Charles-Quint (ancien bohême).

172 — Sept Verres à pied avec filigrane (Venise).

173 — Cinq autres verres du même genre (Venise).

174 — Deux Plateaux sur piédouche en verre opale (Venise).

Pendules et Bronzes.

175 — Grande et belle Pendule avec socle, en marqueterie, genre Boule, ornée de bronze doré.

176 — Pendule ancienne, genre Boule, en marqueterie, ornée de bronze doré.

177 — Pendule en marqueterie, genre Boule, ornée de bronze doré.

178 — Pendule en bronze doré, époque Louis XV.

179 — Deux Candélabres rocaille, en bronze doré, ornés de figures en porcelaine de Chine.

180 — Une paire de Flambeaux, en bronze doré.

181 — Deux Bras-Appliques, en bronze doré, époque Louis XIV.

182 — Deux Bras-Appliques, en bronze doré, époque Louis XV.

183 — Une grande Lanterne en bronze doré, époque Louis XVI, à cinq lumières.

184 — Deux Candélabres en bronze doré, avec figures en porcelaine de Saxe au centre.

185 — Deux Flambeaux en bronze doré, ornés de fleurs et de bustes en porcelaine de Saxe.

Porcelaines de Chine et du Japon.

186 — Coupe montée en bronze doré.

187 — Deux grands Plats ronds, fonds blancs fleurs.

188 — Deux Plats ronds, fond bleu avec médaillons.

189 — Grand Plat rond à décor de fleurs.

190 — Deux Plats octogones ornés de fleurs.

191 — Quatre petits Plats longs à pans coupés, ornés de pagodes et de fleurs.

192 — Un Plat rond à fleurs et figures.

193 — Deux petits Plats à fruits.

194 — Deux Compotiers.

195 — Deux petits Plats longs.

196 — Cinq autres plats du même genre.

197 — Un petit Plat creux.

198 — Grand bol décoré d'ornements et de paysages, bleu sur blanc.

199 — Deux Bols avec médaillons, fleurs et oiseaux.

200 — Brûle-Parfums, monté en argent ciselé.

201 — Quinze Tasses à thé avec Présentoirs et Soucoupes.

202 — Cinq Tasses, trois Soucoupes, une Theière et un Pot à lait.

203 — Trois grandes Tasses à thé décorées de figures et paysages.

204 — Petite Tasse et sa Soucoupe, fond bleu avec médaillon orné de fleurs.

205 — Un Boîte à thé et une Tasse.

206 — Deux Tasses et trois Soucoupes dépareillées.

207 — Deux petites Tasses craquelées, avec légende.

208 — Grand Plat à pans coupés.

209 — Trois Tasses et leurs Soucoupes.

210 — Deux Sucriers.

Porcelaines de Sèvres.

211 — Deux petites Tasses à deux anses, avec leurs Soucoupes, l'une à rayure bleue et l'autre à rayure vert pomme, décorées de fleurs et de dessins polychrômes.

212 — Tasse à bouillon avec Couvercle et Soucoupe.

213 — Deux autres petites Tasses carrées avec Soucoupes, l'une fond bleu clair, l'autre blanche, ornées de fleurs.

214 — Un Beurrier feuille de choux.

215 — Tasse et sa Soucoupe.

216 — Autre Tasse et sa Soucoupe.

217 — Encrier monté en bronze doré.

218 — Onze Assiettes, fond blanc, décorées de fleurs.

219 — Une Assiette et une Soucoupe.

220 — Cinq Pots à crème, fond blanc, à décor de fleurs.

221 — Quinze assiettes, fond blanc, à bouquets de fleurs, porcelaine à la reine.

Meubles.

222 — Deux Meubles à hauteur d'appui, à une porte chacun ornée d'un bas-relief ancien en ébène.

223 — Deux grandes Chaises en chêne à dossiers sculptés et couvertes en damas.

224 — Deux petites Chaises en chêne sculpté.

225 — Table-bureau à deux tiroirs, ornée de bronzes dorés, style Louis XVI.

226 — Petite Chaise en marqueterie de cuivre et écaille.

227 — Un Canapé, huit fauteuils et un Écran, en bois sculpté et doré, du temps de Louis XVI, recouverts en tapisseries des Gobelins.

228 — Petit Bureau en marqueterie, genre Boule, garni de bronzes dorés.

229 — Deux petites Consoles en marqueterie, genre Boule.

230 — Meuble-Armoire à hauteur d'appui, en marqueterie de bois, fleurs et arabesques.

231 — Prie-Dieu, en bois sculpté, avec bas-relief représentant l'Annonciation dans le panneau supérieur.

232 — Grand Banc de réfectoire, gothique, en bois de chêne sculpté.

233 — Deux grands Coffres gothiques, en bois de chêne sculpté.

234 — Guéridon, pied gothique, en bois sculpté.

235 — Commode, forme Tombeau, ornée de bronzes dorés, avec dessus de marbre.

236 — Commode, forme Tombeau, ornée de bronzes dorés, avec dessus de marbre.

Renou et Maulde, imprimeurs de la Compagnie des Commissaires-Priseurs, rue de Rivoli, 144. 11202

www.ingramcontent.com/pod-product-compliance
Ingram Content Group UK Ltd.
Pitfield, Milton Keynes, MK11 3LW, UK
UKHW021028180726
13838UKWH00004B/1670

9 782329 436371